AF460824

16 Décembre 1907

V

VENTE

Du Lundi 16 Décembre 1907

HOTEL DROUOT, SALLE N° 1

à 2 heures précises

EXPOSITION PUBLIQUE

Le Dimanche 15 Décembre 1907

DE 1 HEURE 1/2 A 5 HEURES 1/2

Mobilier Ancien et Moderne

TABLEAUX — MINIATURES

FAIENCES ET PORCELAINES

Bronzes d'Art et d'Ameublement

SCULPTURES

ARGENTERIE — ARMES — OBJETS DIVERS

TAPISSERIES — TAPIS — TENTURES

COMMISSAIRE-PRISEUR

Me GEORGES NORMAND

41, rue de la Victoire

EXPERTS

MM. PAULME & B. LASQUIN FILS

10, rue Chauchat | 12, rue Laffitte

CATALOGUE

DES

TABLEAUX ANCIENS ET MODERNES

MINIATURES

Faïences et Porcelaines

MEUBLES ANCIENS ET MODERNES

SIÈGES, AMEUBLEMENTS DE SALON

Des Époques Louis XV, Louis XVI, Empire et Moderne

ARGENTERIE

Bronzes d'Art et d'Ameublement

Sculptures par LOUIS CARRIER-BELLEUSE

ARMES, OBJETS DIVERS

TAPISSERIES — TAPIS D'ORIENT — TENTURES

DONT LA VENTE AUX ENCHÈRES PUBLIQUES AURA LIEU

HOTEL DROUOT, SALLE N° 1

Le Lundi 16 Décembre 1907, à deux heures précises

COMMISSAIRE-PRISEUR

Me GEORGES NORMAND

41, rue de la Victoire

EXPERTS

MM. PAULME et B. LASQUIN Fils

10, rue Chauchat | 12, rue Laffitte

PARIS

Chez lesquels se trouve le présent Catalogue

EXPOSITION PUBLIQUE

Dimanche 15 Décembre 1907, de 1 h. 1/2 à 5 h. 1/2

CONDITIONS DE LA VENTE

Elle sera faite au comptant.

Les adjudicataires paieront *dix pour cent* en sus des enchères.

L'Exposition mettant le public à même de se rendre compte de l'état et de la nature des objets, aucune réclamation ne sera admise une fois l'adjudication prononcée.

Paris. — Imp. de l'Art, Ch. Berger et Cie, 41, rue de la Victoire.

DÉSIGNATION

TABLEAUX

DESSINS, MINIATURES

ÉCOLE FRANÇAISE (XVIIIe siècle)

1 — *Portrait de Petite Fille, drapée de soie rouge; elle caresse un chien.*
Pastel de forme ovale.
Cadre Louis XIII, bois sculpté.

ECOLE FRANÇAISE

2 — *Portrait de Jeune Femme en chapeau bleu, avec rose et fichu de gaze autour du cou.*

ÉCOLE MODERNE

3 — *Quatre petits Portraits de Femmes.*
Petits panneaux ovales.
Cadre bois sculpté, style Louis XVI.

4 — Petite miniature ovale du XVIIIe siècle : Portrait d'homme.

5 — Deux petits éventails, feuilles paillettées. Époque Empire.

6 — Eventail, avec monture en écaille incrustée d'or, feuille en dentelle noire de Chantilly.

7 — Gravure ancienne coloriée : Portrait de Louis XVI.

FAIENCES ET PORCELAINES

8 — Paire de vases en faïence de Delft, décor en bleu.

9 — Potiche en porcelaine de Chine, décor en bleu.

10 — Cache-pot en porcelaine de Chine, à fond jaune, décor à personnages dans des médaillons.

11 — Statuette d'amour et biscuit : « Garde à vous ». Socle en porcelaine, fond bleu et filets or.

12 — La Marchande d'amour, groupe en biscuit.

13 — La Ceinture d'or, statuette de Jeune Femme en biscuit.

14 — Groupe en biscuit : Jeune couple enlacé devant un mur, sur lequel deux amours tiennent une dalle avec l'inscription : *Serment d'aimer toute sa vie.*

15 — Groupe en biscuit : Jeune couple devant l'autel de l'amour, avec deux amours sur un nuage.

16 — Service de table en porcelaine genre Saxe, décor de fleurs en couleur, avec rocailles en relief rehaussées de dorure.

17 — Plusieurs services à café et à thé en porcelaine décorée, de Derby, genre Saxe, et des maisons Boutigny et Damon.

18 — Cinq boîtes en porcelaine décorée. Fabriques modernes diverses.

19 — Vase-cornet en porcelaine flambée ; monture en bronze. Style Louis XV.

20 — Deux groupes en porcelaine de Saxe moderne : Berger et bergère.

21 — Paire de chiens griffons en porcelaine de Saxe moderne.

22 — Sous ce numéro : Pot à lait et tasse en ancienne porcelaine de Paris ; deux tasses, soucoupe et petite bouteille en ancienne porcelaine de Chine; corbeille en porcelaine ajourée de la Compagnie des Indes, et deux plats en porcelaine du Japon.

23 — Pot à lait avec couvercle en faïence blanche; monture et anses en argent ciselé. De la *Maison G. Keller*.

24 — Deux chopes, carafe et pichet en verre, avec couvercles en argent.

25 — Coupe à glace en cristal taillé ; monture en argent ciselé.

26 — Six petites tasses en porcelaine russe, avec enveloppe en argent filigrane et six tasses à café avec soucoupes.

27 — Légumier avec couvercle et plateau en porcelaine blanche décorée de fleurs en relief, et quatre vases, dont deux grands de Saxe moderne, fond rose, décorés de réserves à personnages et deux en porcelaine de Derby.

28 — Deux grandes tasses et présentoirs en porcelaine de Paris, de la Restauration ; décor en relief et couleur, avec dorure.

29 — Lampe en faïence de Satzuma, avec monture en bronze. Style chinois.

30 — Sous ces numéros, qui seront divisés : Porcelaines anciennes et faïences variées.

31 — Théière cylindrique en porcelaine de Sèvres, décor en couleur et dorure.

32 — Déjeuner tête-à-tête en porcelaine de Saxe, fond vert d'eau, décor de réserves avec amours, rehaussé de dorures ; il se compose de : plateau, deux tasses et soucoupes, cafetières, pot à lait et sucrier.

33 — Tasse couverte et présentoir en porcelaine de Sèvres, pâte tendre, à décor de médaillons d'oiseaux en couleur et fond bleu avec dorure.

34 — Tasse cylindrique et soucoupe en porcelaine dure de Sèvres, décor en couleur et dorure, bordure et fleurettes.

35 — Paire de grands vases en faïence italienne décorée.

ARGENTERIE

36 — Petit beurrier en métal gravé, avec couvercle et plateau; monture en argent ciselé.

37 — Pot à lait en porcelaine de la Compagnie des Indes, avec monture en argent ciselé.

38 — Théière en argent ciselé à côtes, manche et bouton de couvercle en ivoire. — Poids, 440 grammes environ.

39 — Saucière en argent ciselé, ornementée de rinceaux, de feuillages et guirlandes de style Louis XV. — Poids, 585 grammes environ.

40 — Paire de vases, de forme cylindrique, en cristal taillé, orné de guirlandes de feuillages et nœuds de ruban en dorure; monture en argent ciselé doré. Style Louis XVI.

41 — Miroir à coiffer, avec cadre en argent ciselé, de style Louis XVI, avec chiffre et couronne de comte.

42 — Hanap en argent ciselé. Style Renaissance.

43 — Baromètre à mercure et thermomètre Empire en acajou, orné de bronzes.

44 — Jardinière ovale en argent ciselé, avec double fond en vermeil; anses formées de jeunes enfants, reliant des guirandes de laurier enrubannées. Style Louis XVI. *Maison Froment-Meurice.* — Poids, 5 kilog. 80 grammes environ.

45 — Porte-gâteaux en argent doré, formé par deux coupes reliées par une anse. De la *Maison Boin-Taburet.*

46 — Sucrier et deux pieds de coupes en argent doré et ajouré.

47 — Paire de candélabres à huit lumières en argent ciselé, formés d'une colonne reposant sur un socle circulaire à trois pieds formés de griffes, ornés de feuillages, rinceaux, branches de lierre. La colonnette est surmontée d'une figurine d'amour; sur la base, rinceaux-appliques en lapis lazulis. De la *Maison Froment-Meurice.* — Haut., 75 cent.; poids, 13 kilog. environ.

48 — Petit déjeuner, de style Louis XVI, en vermeil ciselé; il se compose de : chocolatière, sucrier, pot à crème, tasse et soucoupe, cuiller et plateau rectangulaire; bordure et décor

à godrons et feuillages. — Poids, 1 kilog. 770 gr. environ.

49 — Grand plateau en argent, de forme cintrée, fond à rinceaux gravés; bordure à godrons, de style Louis XVI.

50 — Grand plateau, de style Louis XVI, en argent, à deux anses.

51 — Trois assiettes en argent ciselé, de style Louis XV; bordures à rinceaux.

52 — Six petites cuillers à glace en argent doré, manches contournés et à feuilles de vignes entrelacées.

53 — Six petites fourchettes à huîtres en argent doré.

54 — Huit couverts à dessert en argent gravé à fleurs, manches ciselés et ajourés.

55 — Plat long en argent ciselé; bordures à rinceaux, de style Louis XV. — Poids, 1 kilog. 55 gr. environ.

56 — Plat rond en argent ciselé, style Louis XV. Même travail. — Poids, 915 grammes environ.

57 — Plat creux en argent ciselé, style Louis XV. Même travail. — Poids, 725 grammes environ.

*

BRONZES D'ART ET D'AMEUBLEMENT

SCULPTURES

58 — *Eurydice*. Statuette en marbre blanc, par *L. Carrier-Belleuse*. — Haut., 62 cent.

59 — *Cléopâtre*. Statuette en marbre blanc, par *L. Carrier-Belleuse*. — Haut., 62 cent.

60 — Groupe en marbre blanc, d'après *Clodion* : Faune et Bacchante. — Haut., 45 cent.

61 — *Le Lion au serpent*. Important bronze, d'après *Barye*.

62 — Bronze de *Waagen* : Chasseur kabyle à cheval. *Martin fondeur*.

63 — *Sanson* (J.) : Joueur de tambourin, statuette en bronze.

64 — Enfant Bacchant à cheval sur une chèvre, bronze patiné. Socle en marbre.

65 — Enfant Bacchant tenant une coupe, bronze patiné. Socle en marbre.

66 — Le Petit Dénicheur de nid, bronze patiné. Socle en marbre.

67 — Petite pendule à colonnes, marbre blanc et bronze doré. Epoque Louis XVI.

68 — Pendule, époque Directoire : Femme assise sur un cheval en bronze patiné, aux yeux émaillés. Socle en bronze doré.

69 — Petite pendule, formée d'un amour en bronze patiné, jouant de la trompette, tambour sur le côté renfermant le mouvement. Socle en marbre. Style Louis XVI.

70 — Paire de flambeaux à deux lumières électriques, supportées par une figure d'enfant en bronze ciselé, doré. Style Louis XVI.

71 — Paire de chenets en bronze doré, à guirlandes de laurier et médaillons, de style Louis XVI.

72 — Deux petits flambeaux en bronze patiné, à palmettes.

73 — Paire de vases, avec socles ronds en composition dorée. Style Empire.

74 — Paire de cassolettes à trépied en bronze patiné et bronze doré, sur socles en marbre. Empire.

75 — Christ en bronze, avec coquille à la base de la croix formant bénitier.

76 — Bénitier-reliquaire en métal argenté.

77 — Petit lustre électrique à sept lumières en bronze doré et cristaux. Style Louis XVI.

78 — Pendule Directoire en marbre, surmontée d'une statuette : « Vénus. »

79 — Grand chandelier d'église, installé pour l'électricité.

80 — Garniture de cheminée en bronze ciselé, patiné et doré, époque de la Restauration; elle se compose de : pendule, sujet : Jeune femme, assise dans un fauteuil, tenant une lyre, et de deux candélabres à six lumières chacun, supportées par un amour sur socle carré.

81 — Pendule Empire en acajou, à colonnettes détachées; elle est à cinq cadrans, indiquant les heures, jours, quantièmes, mois et phases de la lune.

82 — Pendule Empire en bronze ciselé et doré, forme d'édicule à pilastres; mouvement à figures de Renommées.

83 — Cartel en bronze, de style Louis XV, feuillages attributs, oiseaux, amour et sujet galant en ronde-bosse.

84 — Paire de candélabres Louis XVI, à trois lumières, supportés par un amour en bronze doré; socle en marbre blanc, entouré de guirlandes de fleurs et feuillages finement ciselés et dorés. Installés pour l'électricité.

MEUBLES, SIÈGES

AMEUBLEMENT DE SALON

85 — Deux encoignures Louis XV en bois de rose, garni de bronzes ciselés et dorés; dessus en marbre blanc.

86 — Paire de consoles Louis XVI en bois sculpté; dessus en marbre blanc.

87 — Console, de forme demi-lune, de style Louis XVI, en bois sculpté, laqué blanc; dessus de marbre onyx.

88 — Petite table, de forme rectangulaire, en bois sculpté doré; les côtés formés d'une lyre avec guirlandes de roses et tablette d'entre-jambe; dessus de soie. Style Louis XVI.

89 — Petite console d'appui, de forme étroite et demi-lune, en bois sculpté et laqué gris. Style Lonis XVI.

90 — Table en bois richement sculpté doré, à quatre faces et quatre pieds reliés par un croisillon; dessus de marbre vert de mer. Style Louis XIV.

91 — Armoire en bois laqué peint blanc, à deux portes pleines et tiroir à la partie inférieure. Style Louis XVI.

92 — Horloge, avec boîte en chêne sculpté peint blanc. Époque Louis XVI.

93 — Deux pieds de guéridon, formant socles-supports, en acajou, avec bronzes.

94 — Table à ouvrage, forme vase, en acajou, portée par une figurine en bois sculpté partiellement doré; elle est munie intérieurement de petits tiroirs.

95 — Bureau à cylindre en acajou, orné de bronzes, avec dessus de marbre. Époque Empire.

96 — Clavecin, en forme de harpe, en acajou, orné de bronzes et soie jaune brochée. Style Empire.

97 — Petit guéridon rond en acajou.

98 — Table de nuit cylindrique en acajou, ornée de moulures en bronze.

99 — Grand bureau plat en acajou et quatre pieds-gaines à têtes de femmes et pieds à griffes; il est orné de bronze ciselé et doré.

100 — Table de nuit cylindrique en acajou, formant jardinière, avec dessus mobile en marbre blanc; moulures et rosaces en bronze.

101 — Lit Empire en acajou, à dossiers ornés de cygnes; il est richement orné de bronzes: guirlandes, corbeilles, branches de pavots, et repose sur des pieds à double griffes; fond de lit, baldaquin et dessus de lit galonnés et frangés.

102 — Armoire ouvrant à une porte, à glace, formant secrétaire à abattant intérieurement, en acajou, richement ornée de bronzes : feuilles, lauriers, bas-reliefs, etc.

103 — Grand vaisselier Renaissance en chêne sculpté, décor à vases et guirlandes de feuillages.

104 — Ameublement de salon, composé d'un canapé et six fauteuils, de style Louis XVI, en bois sculpté doré, couvert de tapisserie fine d'Aubusson, à décor de bouquets de fleurs échappant de rinceaux dans un médaillon ovale, fond blanc, avec encadrement de feuillages de laurier sur fond vert clair.

105 — Chaise longue en trois parties en bois sculpté doré et peint, recouverte de soie à rayures bleue pâle et blanches. Style Louis XVI. *Maison Jansen.*

106 — Meuble de salon Directoire, peint en blanc à semis d'étoiles, recouvert, de velours vert, composé d'un canapé et six fauteuils.

107 — Deux chaises légères, de style Louis XVI, en bois sculpté doré et canné, avec coussins en soie brodée au point de chaînette.

108 — Petit tabouret de pied, de forme ovale, en bois sculpté laqué gris, couvert de tapisserie au point.

109 — Chaise en bois sculpté laqué blanc, style Louis XVI ; siège et dessus cannés, avec écussons de soie.

110 — Fauteuil en bois sculpté, partiellement doré, orné de motifs divers, et au milieu de la ceinture du chiffre N ; garniture d'étoffe à semis de rosaces.

111 — Fauteuil en bois sculpté, à cariatides de femmes et pieds-griffes.

112 — Deux grandes bergères en acajou Empire, à dossiers cintrés, ornés de têtes de femmes en bois sculpté doré, garnies de soie jaune brochée.

113 — Fauteuil en palissandre, orné de bronze doré, couvert de soie rouge brochée.

114 — Fauteuil de bureau en acajou, richement orné de motifs, appliques en bronze doré ; garniture de velours brodé.

115 — Fauteuil à dossier ajouré et accotoirs à balustres en acajou, et appliques en bronze. Fin du XVIIIe siècle.

116 — Deux chaises à dossier ajouré en acajou, garnies de bronzes. Fin du XVIIIe siècle.

117 — Quatre fauteuils en acajou sculpté Empire, à dossiers carrés et bras à têtes d'aigles ailées dorées ; couverts de soie crème brochée.

ARMES, OBJETS DIVERS

118 — Grande armure de chevalier.

119 — Lot de quinze armes, composé de fusils, dagues, épées, sabres finement travaillés. (Seront divisées.)

120 — Paire de pistolets anciens, à deux coups, avec crosses en bois sculpté.

121 — Trois pistolets anciens, à deux coups, avec crosses en bois sculpté, dont un avec canon en fer damasquiné d'or.

122 — Dague et deux sabres, avec poignées en fer.

123 — Trois grands poignards orientaux : l'un, avec poignée en os, ornée de plaques en fer damasquiné d'or ; l'autre, en fer damasquiné d'argent ; le troisième, avec gaine en peluche rouge et argent damasquiné.

124 — Deux yatagans, avec poignées d'os et fourreau en cuivre ciselé et repoussé, argentés et dorés et un petit poignard, en forme de yatagan, avec poignée en nacre.

125 — Trois sabres de cavalerie de la Manufacture Royale de Klingenthal, 1814-1823, et gardes du corps du roi, 1814.

126 — Deux sabres de la République, poignées en bronze, à têtes de coq. Manufacture de Klingenthal.

127 — Trois sabres recourbés, dont deux lames en acier bleui et doré.

128 — Deux pistolets anciens, avec crosses ornées de motifs appliqués en cuivre ciselé.

129 — Deux paires de pistolets anciens, dont une paire de grands avec canons en fer gravé.

130 — Fusil ancien, la crosse en bois ornementée de plaques en cuivre repoussé, ciselé, argenté ; sujets de chasse et batailles.

131 — Deux casques et deux boucliers mauresques en fer damasquiné.

132 — Grand poignard oriental dans sa gaine en argent et cuivre repoussé, ornée de corail, poignée en os.

134 — Écritoire, de style Louis XV, formé d'une terrasse rocaille en bronze doré, avec glace, supportant deux godets et un petit groupe : « La Source », en porcelaine, genre Saxe, avec tiges de roseaux et branchages porte-lumière en tôle peinte et fleurs en porcelaine.

135 — Deux tables chauffeuses en fer.

136 — Porte-serviette, bois laqué blanc. Style Louis XVI.

137 — Deux services de verrerie, de modèles différents, en cristal à taille diamant. (Seront divisés.)

138 — Bouteille et flacon en verre.

139 — Lot de verrerie : vases, carafe à glace et autres verres à liqueur, etc.

140 — Service de verrerie en cristal gravé ou doré, au chiffre *N* couronné.

TAPISSERIES, TAPIS, TENTURES

141 — Grande tapisserie à personnages : sujet mythologique.

142 — Bandeau de tapisserie, à décor de fleurs et de fruits.

143 — Tapisserie à grands personnages : guerriers, fond à paysage et châteaux; bordure à fruits et feuillages.

144 — Grande carpette du Daghestan ancienne, à fond rouge et bleu, écusson central.

145 — Petite carpette persane, à fond noir et rouge.

146 — Petit tapis de prière, à fond blanc, dessins bruns.

147 — Deux paires de rideaux en satin et deux cantonnières en satin broché en couleurs, rinceaux de fleurs et ornements divers. Commencement du XIXe siècle.

148 — Grand tapis d'Orient.

149 — Décor de croisée en soie vieil or, encadrement à passementerie, composé de deux rideaux et d'un bandeau.

150 — Deux dessus de portes en soie brochée à fleurs, bordure à franges dorées.

151 — Deux paires de rideaux en soie bleue, encadrement à passementerie crème.

152 — Dessus de lit en soie rose.

153 — Lot de coussins divers en soie brodée.

154 — Paire de rideaux en soie rose, bordure à franges.

155 — Deux paires de rideaux en soie verte, avec encadrement à fleurs crème.

156 — Paire de rideaux en soie verte, encadrement à fleurs jaunes, bordures à glands.

157 — Quatre paires de rideaux en soie brochée à fleurs et feuillages, et petit paysage, couleur lie de vin, avec galeries dorées.

158 — Paire de rideaux disposés à l'Italienne en soie bleue, à feuillages et médaillons.

159 — Grand tapis d'Aubusson à fond crème : au centre, un médaillon à rinceaux et feuillages, fond bleu et bouquet de fleurs.

160 — Sous ce numéro, objets omis au catalogue.

www.ingramcontent.com/pod-product-compliance
Ingram Content Group UK Ltd.
Pitfield, Milton Keynes, MK11 3LW, UK
UKHW020232180726
13838UKWH00005B/2342